BOOKIES

Journal

about this journal

Texte und Inhalte, Buchumschlag,
verantwortlich: *Jessica Strasser*
jessicastrasser@outlook.de

ISBN
Hardcover 978-3-384-43141-7

tredition

**Tipp: Nutze die letzte Seite des Journals,
um deine Stifte auf dem Papier zu testen!**

DIESES

BOOKIES

Journal

GEHÖRT

____

Meine Leseziele

Bewertungssystem

☆☆☆☆☆

☆☆☆☆☆

☆☆☆☆☆

☆☆☆☆☆

☆☆☆☆☆

reading tracker

	Jan	Feb	März	April	Mai	Juni	Juli	Aug	Sep	Okt	Nov	Dez
1												
2												
3												
4												
5												
6												
7												
8												
9												
10												
11												
12												
13												
14												
15												
16												
17												
18												
19												
20												
21												
22												
23												
24												
25												
26												
27												
28												
29												
30												
31												

book tracker

☐ Buch ☐ Hörbuch ☐ E-Book

Leseziel

genre tracker

Bücherregal

Bücherregal

Bücherregal

abc - Challenge

A

B

C

D

E

F

G

H

I

J

K

L

M

N

O

P

Q

R

S

T

U

V

W

X

Y

Z

Regenbogen Challenge

Rot

☆☆☆☆☆

Orange

☆☆☆☆☆

Gelb

☆☆☆☆☆

Grün

☆☆☆☆☆

Blau

☆☆☆☆☆

Lila

☆☆☆☆☆

Schwarz

☆☆☆☆☆

Grau oder

Weiß

☆☆☆☆☆

12 Monate

Januar

Februar

März

April

Mai

Juni

Juli

August

September

Oktober

November

Dezember

12 Bücher

Buchtitel	Bewertung
	☆☆☆☆☆
	☆☆☆☆☆
	☆☆☆☆☆
	☆☆☆☆☆
	☆☆☆☆☆
	☆☆☆☆☆
	☆☆☆☆☆
	☆☆☆☆☆
	☆☆☆☆☆
	☆☆☆☆☆
	☆☆☆☆☆
	☆☆☆☆☆

MONATS-
übersichten

Monat/Jahr:

1
2
3
4
5
6
7
8
9
10
11
12
13
14
15
16
17
18
19
20
21
22
23
24
25
26
27
28
29
30
31

Bücher, die ich lesen will

1 ______________________________

2 ______________________________

3 ______________________________

4 ______________________________

5 ______________________________

6 ______________________________

7 ______________________________

8 ______________________________

Gelesene Bücher

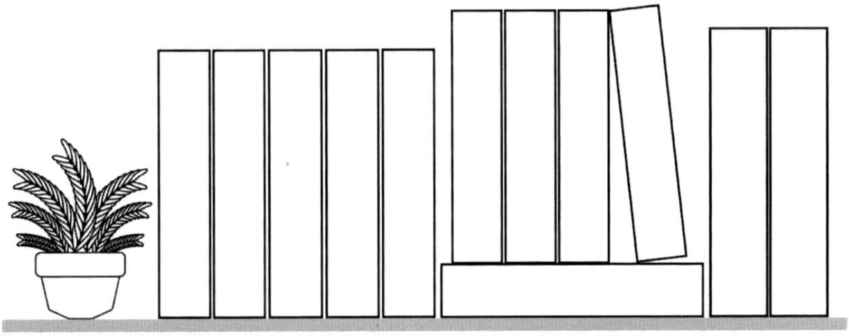

in Zahlen

Bücher

Hörbücher

E-Books

Seiten

Tage

Highlight des Monats

Bewertung: ☆☆☆☆☆

Flop des Monats

Bewertung: ☆☆☆☆☆

Monat/Jahr: ______________________

1
2
3
4
5
6
7
8
9
10
11
12
13
14
15
16
17
18
19
20
21
22
23
24
25
26
27
28
29
30
31

Bücher, die ich lesen will

1
2
3
4
5
6
7
8

Gelesene Bücher

in Zahlen

Bücher | Hörbücher | E-Books | Seiten | Tage

Highlight des Monats

Bewertung: ☆☆☆☆☆

Flop des Monats

Bewertung: ☆☆☆☆☆

Monat/Jahr: ______________________

1
2
3
4
5
6
7
8
9
10
11
12
13
14
15
16
17
18
19
20
21
22
23
24
25
26
27
28
29
30
31

Bücher, die ich lesen will

1
2
3
4
5
6
7
8

Gelesene Bücher

in Zahlen

Bücher | Hörbücher | E-Books | Seiten | Tage

Highlight des Monats

Bewertung: ☆☆☆☆☆

Flop des Monats

Bewertung: ☆☆☆☆☆

Monat/Jahr: ________________

1
2
3
4
5
6
7
8
9
10
11
12
13
14
15
16
17
18
19
20
21
22
23
24
25
26
27
28
29
30
31

Bücher, die ich lesen will

1 ______________________________
2 ______________________________
3 ______________________________
4 ______________________________
5 ______________________________
6 ______________________________
7 ______________________________
8 ______________________________

Gelesene Bücher

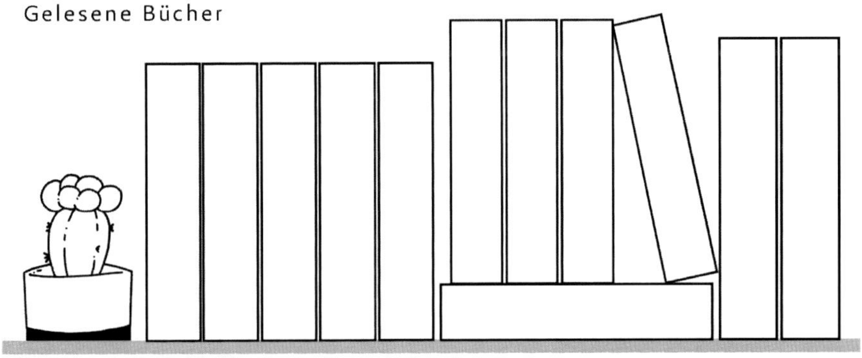

in Zahlen

Bücher | Hörbücher | E-Books | Seiten | Tage

Highlight des Monats

Bewertung: ☆☆☆☆☆

Flop des Monats

Bewertung: ☆☆☆☆☆

Monat/Jahr: ____________________

1
2
3
4
5
6
7
8
9
10
11
12
13
14
15
16
17
18
19
20
21
22
23
24
25
26
27
28
29
30
31

Bücher, die ich lesen will

1
2
3
4
5
6
7
8

Gelesene Bücher

in Zahlen

Bücher | Hörbücher | E-Books | Seiten | Tage

Highlight des Monats

Bewertung: ☆☆☆☆☆

Flop des Monats

Bewertung: ☆☆☆☆☆

Monat/Jahr:

1
2
3
4
5
6
7
8
9
10
11
12
13
14
15
16
17
18
19
20
21
22
23
24
25
26
27
28
29
30
31

Bücher, die ich lesen will

1
2
3
4
5
6
7
8

Gelesene Bücher

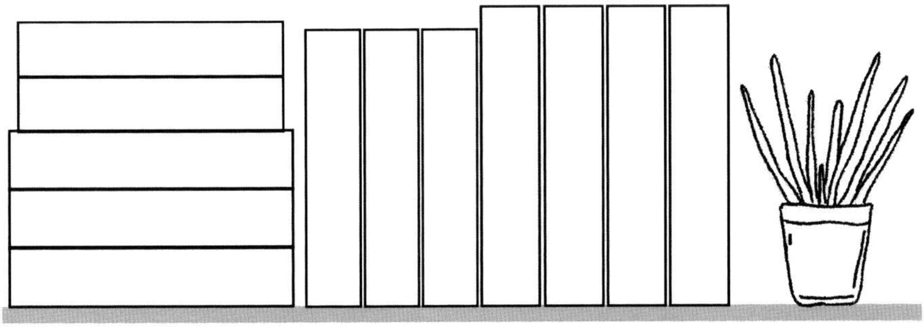

in Zahlen

Bücher

Hörbücher

E-Books

Seiten

Tage

Highlight des Monats

Bewertung: ☆☆☆☆☆

Flop des Monats

Bewertung: ☆☆☆☆☆

Lieblingszitate

Monat/Jahr: ____________________

1
2
3
4
5
6
7
8
9
10
11
12
13
14
15
16
17
18
19
20
21
22
23
24
25
26
27
28
29
30
31

Bücher, die ich lesen will

1
2
3
4
5
6
7
8

Gelesene Bücher

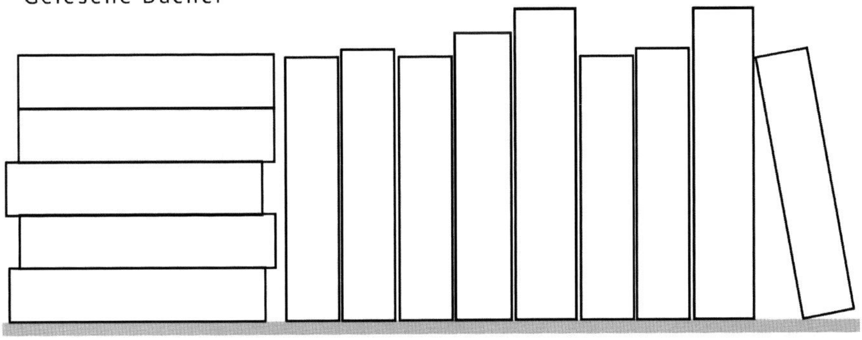

in Zahlen

Bücher | Hörbücher | E-Books | Seiten | Tage

Highlight des Monats

Bewertung: ☆☆☆☆☆

Flop des Monats

Bewertung: ☆☆☆☆☆

Monat/Jahr: ______________________

1
2
3
4
5
6
7
8
9
10
11
12
13
14
15
16
17
18
19
20
21
22
23
24
25
26
27
28
29
30
31

Bücher, die ich lesen will

1 ____________________

2 ____________________

3 ____________________

4 ____________________

5 ____________________

6 ____________________

7 ____________________

8 ____________________

Gelesene Bücher

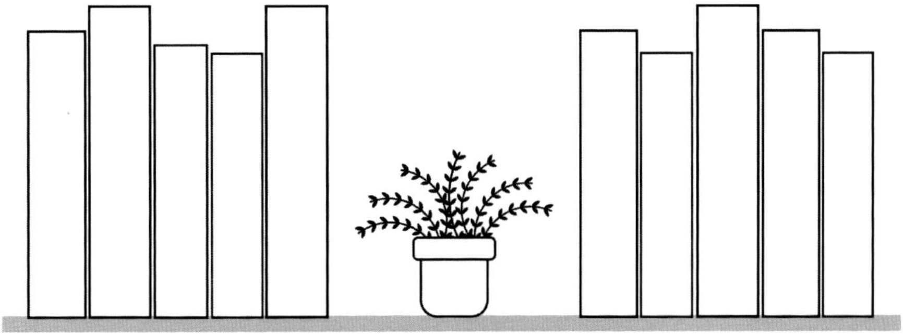

in Zahlen

Bücher

Hörbücher

E-Books

Seiten

Tage

Highlight des Monats

Bewertung: ☆☆☆☆☆

Flop des Monats

Bewertung: ☆☆☆☆☆

Monat/Jahr:

1
2
3
4
5
6
7
8
9
10
11
12
13
14
15
16
17
18
19
20
21
22
23
24
25
26
27
28
29
30
31

Bücher, die ich lesen will

1 ________________________________

2 ________________________________

3 ________________________________

4 ________________________________

5 ________________________________

6 ________________________________

7 ________________________________

8 ________________________________

Gelesene Bücher

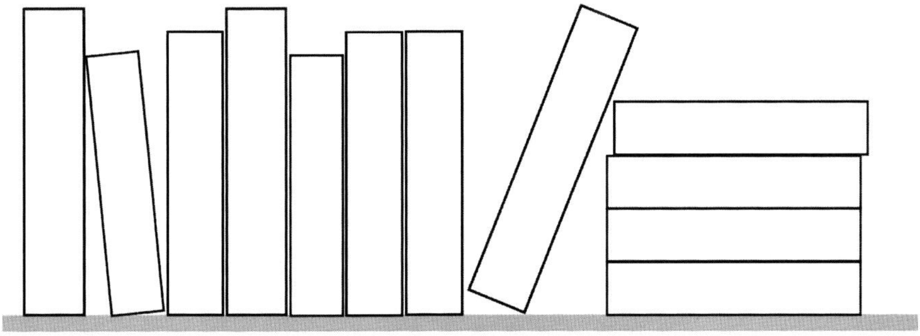

in Zahlen

Bücher

Hörbücher

E-Books

Seiten

Tage

Highlight des Monats

Bewertung: ☆☆☆☆☆

Flop des Monats

Bewertung: ☆☆☆☆☆

Monat/Jahr: ____________________

1
2
3
4
5
6
7
8
9
10
11
12
13
14
15
16
17
18
19
20
21
22
23
24
25
26
27
28
29
30
31

Bücher, die ich lesen will

1
2
3
4
5
6
7
8

Gelesene Bücher

in Zahlen

Bücher

Hörbücher

E-Books

Seiten

Tage

Highlight des Monats

Bewertung: ☆☆☆☆☆

Flop des Monats

Bewertung: ☆☆☆☆☆

Monat/Jahr: ____________________

1
2
3
4
5
6
7
8
9
10
11
12
13
14
15
16
17
18
19
20
21
22
23
24
25
26
27
28
29
30
31

Bücher, die ich lesen will

1
2
3
4
5
6
7
8

Gelesene Bücher

in Zahlen

Bücher

Hörbücher

E-Books

Seiten

Tage

Highlight des Monats

Bewertung: ☆☆☆☆☆

Flop des Monats

Bewertung: ☆☆☆☆☆

Monat/Jahr:

1
2
3
4
5
6
7
8
9
10
11
12
13
14
15
16
17
18
19
20
21
22
23
24
25
26
27
28
29
30
31

Bücher, die ich lesen will

1 ______________________________

2 ______________________________

3 ______________________________

4 ______________________________

5 ______________________________

6 ______________________________

7 ______________________________

8 ______________________________

Gelesene Bücher

in Zahlen

Bücher

Hörbücher

E-Books

Seiten

Tage

Highlight des Monats

Bewertung: ☆☆☆☆☆

Flop des Monats

Bewertung: ☆☆☆☆☆

BUCH

Rezensionen

Titel

Autor/in

Genre

Sprache: ☐ deutsch ☐ andere: ....

Start

Beendet

Format

Gedanken / Zitate / ...

Schreibstil ☆☆☆☆☆

Spannung ☆☆☆☆☆

Charaktere ☆☆☆☆☆

Plots ☆☆☆☆☆

Emotionen ☆☆☆☆☆

Insgesamt ☆☆☆☆☆

Ergebnis

- ☐ Highlight!
- ☐ Wohlfühlbuch
- ☐ Ich mochte es
- ☐ Es war okay...
- ☐ Leider ein Flop
- ☐ Abgebrochen

Format

Titel

Autor/in

Genre

Sprache: ☐ deutsch ☐ andere: ....

Start

Beendet

Gedanken / Zitate / ...

Schreibstil ☆☆☆☆☆

Spannung ☆☆☆☆☆

Charaktere ☆☆☆☆☆

Plots ☆☆☆☆☆

Emotionen ☆☆☆☆☆

Insgesamt ☆☆☆☆☆

Ergebnis

☐ Highlight! ☐ Wohlfühlbuch ☐ Ich mochte es

☐ Es war okay... ☐ Leider ein Flop ☐ Abgebrochen

Titel

Autor/in

Genre

Sprache: ☐ deutsch ☐ andere: ....

Start

Beendet

Format

Gedanken / Zitate / ...

Schreibstil ☆☆☆☆☆

Spannung ☆☆☆☆☆

Charaktere ☆☆☆☆☆

Plots ☆☆☆☆☆

Emotionen ☆☆☆☆☆

Insgesamt ☆☆☆☆☆

Ergebnis

☐ Highlight!

☐ Wohlfühlbuch

☐ Ich mochte es

☐ Es war okay...

☐ Leider ein Flop

☐ Abgebrochen

Format

Titel

Autor/in

Genre

Sprache: ☐ deutsch ☐ andere: ....

Start

Beendet

Gedanken / Zitate / ...

Schreibstil
☆☆☆☆☆

Spannung
☆☆☆☆☆

Charaktere
☆☆☆☆☆

Plots
☆☆☆☆☆

Emotionen
☆☆☆☆☆

Insgesamt
☆☆☆☆☆

Ergebnis

☐ Highlight! ☐ Wohlfühlbuch ☐ Ich mochte es

☐ Es war okay... ☐ Leider ein Flop ☐ Abgebrochen

Titel

Autor/in

Genre

Sprache: ☐ deutsch ☐ andere: ....

Start

Beendet

Format

Gedanken / Zitate / ...

Schreibstil
☆☆☆☆☆

Spannung
☆☆☆☆☆

Charaktere
☆☆☆☆☆

Plots
☆☆☆☆☆

Emotionen
☆☆☆☆☆

Insgesamt
☆☆☆☆☆

Ergebnis

☐ Highlight!
☐ Wohlfühlbuch
☐ Ich mochte es
☐ Es war okay...
☐ Leider ein Flop
☐ Abgebrochen

Format

Titel

Autor/in

Genre

Sprache: ☐ deutsch ☐ andere: ....

Start

Beendet

Gedanken / Zitate / ...

Schreibstil

Spannung

Charaktere

Plots

Emotionen

Insgesamt

Ergebnis

☐ Highlight! ☐ Wohlfühlbuch ☐ Ich mochte es

☐ Es war okay... ☐ Leider ein Flop ☐ Abgebrochen

Titel

Autor/in

Genre

Sprache: ☐ deutsch ☐ andere: ....

Start

Beendet

Format

Gedanken / Zitate / ...

Schreibstil

☆☆☆☆☆

Spannung

☆☆☆☆☆

Charaktere

☆☆☆☆☆

Plots

☆☆☆☆☆

Emotionen

☆☆☆☆☆

Insgesamt

☆☆☆☆☆

Ergebnis

☐ Highlight!

☐ Wohlfühlbuch

☐ Ich mochte es

☐ Es war okay...

☐ Leider ein Flop

☐ Abgebrochen

Format

Titel

Autor/in

Genre

Sprache: ☐ deutsch ☐ andere: ....

Start

Beendet

Gedanken / Zitate / ...

Schreibstil

☆☆☆☆☆

Spannung

☆☆☆☆☆

Charaktere

☆☆☆☆☆

Plots

☆☆☆☆☆

Emotionen

☆☆☆☆☆

Insgesamt

☆☆☆☆☆

Ergebnis

☐ Highlight! ☐ Wohlfühlbuch ☐ Ich mochte es

☐ Es war okay... ☐ Leider ein Flop ☐ Abgebrochen

Titel

Autor/in

Genre

Sprache: ☐ deutsch ☐ andere: ....

Start

Beendet

Format

Gedanken / Zitate / ...

Schreibstil

☆☆☆☆☆

Spannung

☆☆☆☆☆

Charaktere

☆☆☆☆☆

Plots

☆☆☆☆☆

Emotionen

☆☆☆☆☆

Insgesamt

☆☆☆☆☆

Ergebnis

☐ Highlight! ☐ Wohlfühlbuch ☐ Ich mochte es

☐ Es war okay... ☐ Leider ein Flop ☐ Abgebrochen

Format

Titel

Autor/in

Genre

Sprache: ☐ deutsch ☐ andere: ....

Start

Beendet

Gedanken / Zitate / ...

....

....

....

....

....

....

....

....

....

....

....

....

....

....

....

....

Schreibstil

☆☆☆☆☆

Spannung

☆☆☆☆☆

Charaktere

☆☆☆☆☆

Plots

☆☆☆☆☆

Emotionen

☆☆☆☆☆

Insgesamt

☆☆☆☆☆

Ergebnis

☐ Highlight!

☐ Wohlfühlbuch

☐ Ich mochte es

☐ Es war okay...

☐ Leider ein Flop

☐ Abgebrochen

Titel

Autor/in

Genre

Sprache: ☐ deutsch ☐ andere: ....

Start

Beendet

Format

Gedanken / Zitate / ...

Schreibstil
☆☆☆☆☆

Spannung
☆☆☆☆☆

Charaktere
☆☆☆☆☆

Plots
☆☆☆☆☆

Emotionen
☆☆☆☆☆

Insgesamt
☆☆☆☆☆

Ergebnis

☐ Highlight! ☐ Wohlfühlbuch ☐ Ich mochte es

☐ Es war okay... ☐ Leider ein Flop ☐ Abgebrochen

Format

Titel

Autor/in

Genre

Sprache: ☐ deutsch ☐ andere: ....

Start

Beendet

Gedanken / Zitate / ...

Schreibstil

☆☆☆☆☆

Spannung

☆☆☆☆☆

Charaktere

☆☆☆☆☆

Plots

☆☆☆☆☆

Emotionen

☆☆☆☆☆

Insgesamt

☆☆☆☆☆

Ergebnis

☐ Highlight!	☐ Wohlfühlbuch	☐ Ich mochte es
☐ Es war okay...	☐ Leider ein Flop	☐ Abgebrochen

Titel

Autor/in

Genre

Sprache: ☐ deutsch ☐ andere: ....

Start

Beendet

Format

Gedanken / Zitate / ...

Schreibstil
☆☆☆☆☆

Spannung
☆☆☆☆☆

Charaktere
☆☆☆☆☆

Plots
☆☆☆☆☆

Emotionen
☆☆☆☆☆

Insgesamt
☆☆☆☆☆

Ergebnis

☐ Highlight!
☐ Wohlfühlbuch
☐ Ich mochte es
☐ Es war okay...
☐ Leider ein Flop
☐ Abgebrochen

Titel

Format

Autor/in

Genre

Sprache: ☐ deutsch ☐ andere: ....

Start

Beendet

Gedanken / Zitate / ...

Schreibstil ☆☆☆☆☆

Spannung ☆☆☆☆☆

Charaktere ☆☆☆☆☆

Plots ☆☆☆☆☆

Emotionen ☆☆☆☆☆

Insgesamt ☆☆☆☆☆

Ergebnis

☐ Highlight! ☐ Wohlfühlbuch ☐ Ich mochte es

☐ Es war okay... ☐ Leider ein Flop ☐ Abgebrochen

Titel

Autor/in

Genre

Sprache: ☐ deutsch ☐ andere: ....

Start

Beendet

Format

Gedanken / Zitate / ...

Schreibstil ☆☆☆☆☆

Spannung ☆☆☆☆☆

Charaktere ☆☆☆☆☆

Plots ☆☆☆☆☆

Emotionen ☆☆☆☆☆

Insgesamt ☆☆☆☆☆

Ergebnis

☐ Highlight!

☐ Wohlfühlbuch

☐ Ich mochte es

☐ Es war okay...

☐ Leider ein Flop

☐ Abgebrochen

Format

Titel

Autor/in

Genre

Sprache: ☐ deutsch ☐ andere: ....

Start

Beendet

Gedanken / Zitate / ...

Schreibstil ☆☆☆☆☆

Spannung ☆☆☆☆☆

Charaktere ☆☆☆☆☆

Plots ☆☆☆☆☆

Emotionen ☆☆☆☆☆

Insgesamt ☆☆☆☆☆

Ergebnis

☐ Highlight!

☐ Wohlfühlbuch

☐ Ich mochte es

☐ Es war okay...

☐ Leider ein Flop

☐ Abgebrochen

Titel

Autor/in

Genre

Sprache: ☐ deutsch ☐ andere: ....

Start

Beendet

Format

Gedanken / Zitate / ...

Schreibstil
☆☆☆☆☆

Spannung
☆☆☆☆☆

Charaktere
☆☆☆☆☆

Plots
☆☆☆☆☆

Emotionen
☆☆☆☆☆

Insgesamt
☆☆☆☆☆

Ergebnis

☐ Highlight!
☐ Wohlfühlbuch
☐ Ich mochte es
☐ Es war okay...
☐ Leider ein Flop
☐ Abgebrochen

Titel

Format

Autor/in

Genre

Sprache: ☐ deutsch ☐ andere: ....

Start

Beendet

Gedanken / Zitate / ...

Schreibstil
☆☆☆☆☆

Spannung
☆☆☆☆☆

Charaktere
☆☆☆☆☆

Plots
☆☆☆☆☆

Emotionen
☆☆☆☆☆

Insgesamt
☆☆☆☆☆

Ergebnis

☐ Highlight!
☐ Wohlfühlbuch
☐ Ich mochte es
☐ Es war okay...
☐ Leider ein Flop
☐ Abgebrochen

Titel

Autor/in

Genre

Sprache: ☐ deutsch ☐ andere: ....

Start

Beendet

Format

Gedanken / Zitate / ...

Schreibstil
☆☆☆☆☆

Spannung
☆☆☆☆☆

Charaktere
☆☆☆☆☆

Plots
☆☆☆☆☆

Emotionen
☆☆☆☆☆

Insgesamt
☆☆☆☆☆

Ergebnis

☐ Highlight!
☐ Wohlfühlbuch
☐ Ich mochte es
☐ Es war okay...
☐ Leider ein Flop
☐ Abgebrochen

Titel

Format

Autor/in

Genre

Sprache: ☐ deutsch ☐ andere: ....

Start

Beendet

Gedanken / Zitate / ...

Schreibstil ☆☆☆☆☆

Spannung ☆☆☆☆☆

Charaktere ☆☆☆☆☆

Plots ☆☆☆☆☆

Emotionen ☆☆☆☆☆

Insgesamt ☆☆☆☆☆

Ergebnis

☐ Highlight! ☐ Wohlfühlbuch ☐ Ich mochte es

☐ Es war okay... ☐ Leider ein Flop ☐ Abgebrochen

Titel

Autor/in

Genre

Sprache: ☐ deutsch ☐ andere: ....

Start

Beendet

Format

Gedanken / Zitate / ...

Schreibstil

Spannung

Charaktere

Plots

Emotionen

Insgesamt

Ergebnis

☐ Highlight!

☐ Wohlfühlbuch

☐ Ich mochte es

☐ Es war okay...

☐ Leider ein Flop

☐ Abgebrochen

Format

Titel

Autor/in

Genre

Sprache: ☐ deutsch ☐ andere: ....

Start

Beendet

Gedanken / Zitate / ...

Schreibstil

☆☆☆☆☆

Spannung

☆☆☆☆☆

Charaktere

☆☆☆☆☆

Plots

☆☆☆☆☆

Emotionen

☆☆☆☆☆

Insgesamt

☆☆☆☆☆

Ergebnis

☐ Highlight!

☐ Wohlfühlbuch

☐ Ich mochte es

☐ Es war okay...

☐ Leider ein Flop

☐ Abgebrochen

Titel

Autor/in

Genre

Sprache: ☐ deutsch ☐ andere: ....

Start

Beendet

Format

Gedanken / Zitate / ...

Schreibstil
☆☆☆☆☆

Spannung
☆☆☆☆☆

Charaktere
☆☆☆☆☆

Plots
☆☆☆☆☆

Emotionen
☆☆☆☆☆

Insgesamt
☆☆☆☆☆

Ergebnis

☐ Highlight! ☐ Wohlfühlbuch ☐ Ich mochte es

☐ Es war okay... ☐ Leider ein Flop ☐ Abgebrochen

Format

Titel

Autor/in

Genre

Sprache: ☐ deutsch ☐ andere: ....

Start

Beendet

Gedanken / Zitate / ...

Schreibstil

☆☆☆☆☆

Spannung

☆☆☆☆☆

Charaktere

☆☆☆☆☆

Plots

☆☆☆☆☆

Emotionen

☆☆☆☆☆

Insgesamt

☆☆☆☆☆

Ergebnis

☐ Highlight!

☐ Wohlfühlbuch

☐ Ich mochte es

☐ Es war okay...

☐ Leider ein Flop

☐ Abgebrochen

Titel

Autor/in

Genre

Sprache: ☐ deutsch ☐ andere: ....

Start

Beendet

Format

Gedanken / Zitate / ...

Schreibstil

☆☆☆☆☆

Spannung

☆☆☆☆☆

Charaktere

☆☆☆☆☆

Plots

☆☆☆☆☆

Emotionen

☆☆☆☆☆

Insgesamt

☆☆☆☆☆

Ergebnis

☐ Highlight! ☐ Wohlfühlbuch ☐ Ich mochte es

☐ Es war okay... ☐ Leider ein Flop ☐ Abgebrochen

Format

Titel

Autor/in

Genre

Sprache: ☐ deutsch ☐ andere: ....

Start

Beendet

Gedanken / Zitate / ...

Schreibstil ☆☆☆☆☆

Spannung ☆☆☆☆☆

Charaktere ☆☆☆☆☆

Plots ☆☆☆☆☆

Emotionen ☆☆☆☆☆

Insgesamt ☆☆☆☆☆

Ergebnis

☐ Highlight!
☐ Wohlfühlbuch
☐ Ich mochte es
☐ Es war okay...
☐ Leider ein Flop
☐ Abgebrochen

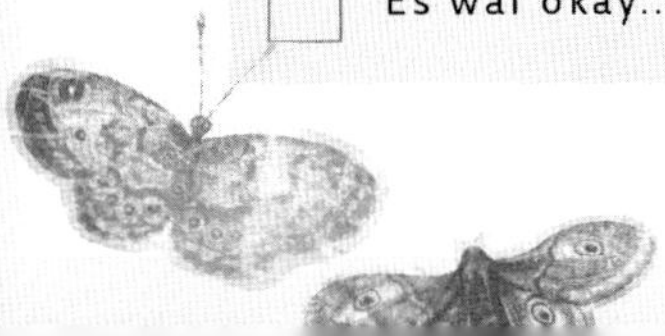

Titel

Autor/in

Genre

Sprache: ☐ deutsch ☐ andere: ....

Start | Beendet

Format

Gedanken / Zitate / ...

Schreibstil
☆☆☆☆☆

Spannung
☆☆☆☆☆

Charaktere
☆☆☆☆☆

Plots
☆☆☆☆☆

Emotionen
☆☆☆☆☆

Insgesamt
☆☆☆☆☆

Ergebnis

☐ Highlight!
☐ Wohlfühlbuch
☐ Ich mochte es
☐ Es war okay...
☐ Leider ein Flop
☐ Abgebrochen

Format

Titel

Autor/in

Genre

Sprache: ☐ deutsch ☐ andere: ....

Start

Beendet

Gedanken / Zitate / ...

Schreibstil ☆☆☆☆☆

Spannung ☆☆☆☆☆

Charaktere ☆☆☆☆☆

Plots ☆☆☆☆☆

Emotionen ☆☆☆☆☆

Insgesamt ☆☆☆☆☆

Ergebnis

☐ Highlight!
☐ Wohlfühlbuch
☐ Ich mochte es
☐ Es war okay...
☐ Leider ein Flop
☐ Abgebrochen

Titel

Autor/in

Genre

Sprache: ☐ deutsch ☐ andere: ....

Start

Beendet

Format

Gedanken / Zitate / ...

Schreibstil
☆☆☆☆☆

Spannung
☆☆☆☆☆

Charaktere
☆☆☆☆☆

Plots
☆☆☆☆☆

Emotionen
☆☆☆☆☆

Insgesamt
☆☆☆☆☆

Ergebnis

☐ Highlight! ☐ Wohlfühlbuch ☐ Ich mochte es

☐ Es war okay... ☐ Leider ein Flop ☐ Abgebrochen

Format

Titel

Autor/in

Genre

Sprache: ☐ deutsch ☐ andere: ....

Start

Beendet

Gedanken / Zitate / ...

Schreibstil

☆☆☆☆☆

Spannung

☆☆☆☆☆

Charaktere

☆☆☆☆☆

Plots

☆☆☆☆☆

Emotionen

☆☆☆☆☆

Insgesamt

☆☆☆☆☆

Ergebnis

☐ Highlight! ☐ Wohlfühlbuch ☐ Ich mochte es

☐ Es war okay... ☐ Leider ein Flop ☐ Abgebrochen

Titel

Autor/in

Genre

Sprache: ☐ deutsch ☐ andere: ....

Start

Beendet

Format

Gedanken / Zitate / ...

Schreibstil

☆☆☆☆☆

Spannung

☆☆☆☆☆

Charaktere

☆☆☆☆☆

Plots

☆☆☆☆☆

Emotionen

☆☆☆☆☆

Insgesamt

☆☆☆☆☆

Ergebnis

☐ Highlight! ☐ Wohlfühlbuch ☐ Ich mochte es

☐ Es war okay... ☐ Leider ein Flop ☐ Abgebrochen

Format

Titel

Autor/in

Genre

Sprache: ☐ deutsch ☐ andere: ....

Start

Beendet

Gedanken / Zitate / ...

Schreibstil

☆☆☆☆☆

Spannung

☆☆☆☆☆

Charaktere

☆☆☆☆☆

Plots

☆☆☆☆☆

Emotionen

☆☆☆☆☆

Insgesamt

☆☆☆☆☆

Ergebnis

☐ Highlight! ☐ Wohlfühlbuch ☐ Ich mochte es

☐ Es war okay... ☐ Leider ein Flop ☐ Abgebrochen

Titel

Autor/in

Genre

Sprache: ☐ deutsch ☐ andere: ....

Start

Beendet

Format

Gedanken / Zitate / ...

Schreibstil ☆☆☆☆☆

Spannung ☆☆☆☆☆

Charaktere ☆☆☆☆☆

Plots ☆☆☆☆☆

Emotionen ☆☆☆☆☆

Insgesamt ☆☆☆☆☆

Ergebnis

☐ Highlight! ☐ Wohlfühlbuch ☐ Ich mochte es

☐ Es war okay... ☐ Leider ein Flop ☐ Abgebrochen

Format

Titel

Autor/in

Genre

Sprache: ☐ deutsch ☐ andere: ....

Start

Beendet

Gedanken / Zitate / ...

Schreibstil

☆☆☆☆☆

Spannung

☆☆☆☆☆

Charaktere

☆☆☆☆☆

Plots

☆☆☆☆☆

Emotionen

☆☆☆☆☆

Insgesamt

☆☆☆☆☆

Ergebnis

☐ Highlight! ☐ Wohlfühlbuch ☐ Ich mochte es

☐ Es war okay... ☐ Leider ein Flop ☐ Abgebrochen

Titel

Autor/in

Genre

Sprache: ☐ deutsch ☐ andere: ....

Start

Beendet

Format

Gedanken / Zitate / ...

Schreibstil
☆☆☆☆☆

Spannung
☆☆☆☆☆

Charaktere
☆☆☆☆☆

Plots
☆☆☆☆☆

Emotionen
☆☆☆☆☆

Insgesamt
☆☆☆☆☆

Ergebnis

☐ Highlight!
☐ Wohlfühlbuch
☐ Ich mochte es
☐ Es war okay...
☐ Leider ein Flop
☐ Abgebrochen

Format

Titel

Autor/in

Genre

Sprache: ☐ deutsch ☐ andere: ....

Start

Beendet

Gedanken / Zitate / ...

Schreibstil
☆☆☆☆☆

Spannung
☆☆☆☆☆

Charaktere
☆☆☆☆☆

Plots
☆☆☆☆☆

Emotionen
☆☆☆☆☆

Insgesamt
☆☆☆☆☆

Ergebnis

☐ Highlight! ☐ Wohlfühlbuch ☐ Ich mochte es

☐ Es war okay... ☐ Leider ein Flop ☐ Abgebrochen

Titel

Autor/in

Genre

Sprache: ☐ deutsch ☐ andere: ....

Start

Beendet

Format

Gedanken / Zitate / ...

Schreibstil ☆☆☆☆☆

Spannung ☆☆☆☆☆

Charaktere ☆☆☆☆☆

Plots ☆☆☆☆☆

Emotionen ☆☆☆☆☆

Insgesamt ☆☆☆☆☆

Ergebnis

☐ Highlight! ☐ Wohlfühlbuch ☐ Ich mochte es

☐ Es war okay... ☐ Leider ein Flop ☐ Abgebrochen

Format

Titel

Autor/in

Genre

Sprache: ☐ deutsch ☐ andere: ....

Start

Beendet

Gedanken / Zitate / ...

....

....

....

....

....

....

....

....

....

....

....

....

....

....

....

....

Schreibstil

☆☆☆☆☆

Spannung

☆☆☆☆☆

Charaktere

☆☆☆☆☆

Plots

☆☆☆☆☆

Emotionen

☆☆☆☆☆

Insgesamt

☆☆☆☆☆

Ergebnis

☐ Highlight!

☐ Wohlfühlbuch

☐ Ich mochte es

☐ Es war okay...

☐ Leider ein Flop

☐ Abgebrochen

Titel

Autor/in

Genre

Sprache: ☐ deutsch ☐ andere: ....

Start

Beendet

Format

Gedanken / Zitate / ...

Schreibstil
☆☆☆☆☆

Spannung
☆☆☆☆☆

Charaktere
☆☆☆☆☆

Plots
☆☆☆☆☆

Emotionen
☆☆☆☆☆

Insgesamt
☆☆☆☆☆

Ergebnis

☐ Highlight! ☐ Wohlfühlbuch ☐ Ich mochte es

☐ Es war okay... ☐ Leider ein Flop ☐ Abgebrochen

Format

Titel

Autor/in

Genre

Sprache: ☐ deutsch ☐ andere: ....

Start

Beendet

Gedanken / Zitate / ...

Schreibstil ☆☆☆☆☆

Spannung ☆☆☆☆☆

Charaktere ☆☆☆☆☆

Plots ☆☆☆☆☆

Emotionen ☆☆☆☆☆

Insgesamt ☆☆☆☆☆

Ergebnis

☐ Highlight!
☐ Wohlfühlbuch
☐ Ich mochte es
☐ Es war okay...
☐ Leider ein Flop
☐ Abgebrochen

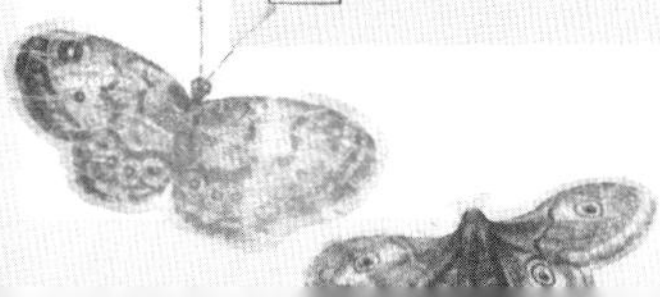

Titel

Autor/in

Genre

Sprache: ☐ deutsch ☐ andere: ....

Start

Beendet

Format

Gedanken / Zitate / ...

Schreibstil ☆☆☆☆☆

Spannung ☆☆☆☆☆

Charaktere ☆☆☆☆☆

Plots ☆☆☆☆☆

Emotionen ☆☆☆☆☆

Insgesamt ☆☆☆☆☆

Ergebnis

☐ Highlight! ☐ Wohlfühlbuch ☐ Ich mochte es

☐ Es war okay... ☐ Leider ein Flop ☐ Abgebrochen

Format

Titel

Autor/in

Genre

Sprache: ☐ deutsch ☐ andere: ....

Start

Beendet

Gedanken / Zitate / ...

Schreibstil ☆☆☆☆☆

Spannung ☆☆☆☆☆

Charaktere ☆☆☆☆☆

Plots ☆☆☆☆☆

Emotionen ☆☆☆☆☆

Insgesamt ☆☆☆☆☆

Ergebnis

☐ Highlight! ☐ Wohlfühlbuch ☐ Ich mochte es

☐ Es war okay... ☐ Leider ein Flop ☐ Abgebrochen

Titel

Autor/in

Genre

Sprache: ☐ deutsch ☐ andere: ....

Start

Beendet

Format

Gedanken / Zitate / ...

Schreibstil ☆☆☆☆☆

Spannung ☆☆☆☆☆

Charaktere ☆☆☆☆☆

Plots ☆☆☆☆☆

Emotionen ☆☆☆☆☆

Insgesamt ☆☆☆☆☆

Ergebnis

☐ Highlight! ☐ Wohlfühlbuch ☐ Ich mochte es

☐ Es war okay... ☐ Leider ein Flop ☐ Abgebrochen

Format

Titel

Autor/in

Genre

Sprache: ☐ deutsch ☐ andere: ....

Start

Beendet

Gedanken / Zitate / ...

....

....

....

....

....

....

....

....

....

....

....

....

....

....

....

....

Schreibstil ☆☆☆☆☆

Spannung ☆☆☆☆☆

Charaktere ☆☆☆☆☆

Plots ☆☆☆☆☆

Emotionen ☆☆☆☆☆

Insgesamt ☆☆☆☆☆

Ergebnis

☐ Highlight! ☐ Wohlfühlbuch ☐ Ich mochte es

☐ Es war okay... ☐ Leider ein Flop ☐ Abgebrochen

Titel

Autor/in

Genre

Sprache: ☐ deutsch ☐ andere: ....

Start

Beendet

Format

Gedanken / Zitate / ...

Schreibstil

☆☆☆☆☆

Spannung

☆☆☆☆☆

Charaktere

☆☆☆☆☆

Plots

☆☆☆☆☆

Emotionen

☆☆☆☆☆

Insgesamt

☆☆☆☆☆

Ergebnis

☐ Highlight!
☐ Wohlfühlbuch
☐ Ich mochte es
☐ Es war okay...
☐ Leider ein Flop
☐ Abgebrochen

Format

Titel

Autor/in

Genre

Sprache: ☐ deutsch ☐ andere: ....

Start

Beendet

Gedanken / Zitate / ...

Schreibstil ☆☆☆☆☆

Spannung ☆☆☆☆☆

Charaktere ☆☆☆☆☆

Plots ☆☆☆☆☆

Emotionen ☆☆☆☆☆

Insgesamt ☆☆☆☆☆

Ergebnis

- ☐ Highlight!
- ☐ Wohlfühlbuch
- ☐ Ich mochte es
- ☐ Es war okay...
- ☐ Leider ein Flop
- ☐ Abgebrochen

Titel

Autor/in

Genre

Sprache: ☐ deutsch ☐ andere: ....

Start

Beendet

Format

Gedanken / Zitate / ...

Schreibstil

☆☆☆☆☆

Spannung

☆☆☆☆☆

Charaktere

☆☆☆☆☆

Plots

☆☆☆☆☆

Emotionen

☆☆☆☆☆

Insgesamt

☆☆☆☆☆

Ergebnis

☐ Highlight! ☐ Wohlfühlbuch ☐ Ich mochte es

☐ Es war okay... ☐ Leider ein Flop ☐ Abgebrochen

Format

Titel

Autor/in

Genre

Sprache: ☐ deutsch ☐ andere: ....

Start

Beendet

Gedanken / Zitate / ...

Schreibstil

☆☆☆☆☆

Spannung

☆☆☆☆☆

Charaktere

☆☆☆☆☆

Plots

☆☆☆☆☆

Emotionen

☆☆☆☆☆

Insgesamt

☆☆☆☆☆

Ergebnis

☐ Highlight! ☐ Wohlfühlbuch ☐ Ich mochte es

☐ Es war okay... ☐ Leider ein Flop ☐ Abgebrochen

Titel

Autor/in

Genre

Sprache: ☐ deutsch ☐ andere: ....

Start

Beendet

Format

Gedanken / Zitate / ...

Schreibstil ☆☆☆☆☆

Spannung ☆☆☆☆☆

Charaktere ☆☆☆☆☆

Plots ☆☆☆☆☆

Emotionen ☆☆☆☆☆

Insgesamt ☆☆☆☆☆

Ergebnis

☐ Highlight!
☐ Wohlfühlbuch
☐ Ich mochte es
☐ Es war okay...
☐ Leider ein Flop
☐ Abgebrochen

Titel

Format

Autor/in

Genre

Sprache: ☐ deutsch ☐ andere: ....

Start

Beendet

Gedanken / Zitate / ...

Schreibstil
☆☆☆☆☆

Spannung
☆☆☆☆☆

Charaktere
☆☆☆☆☆

Plots
☆☆☆☆☆

Emotionen
☆☆☆☆☆

Insgesamt
☆☆☆☆☆

Ergebnis

☐ Highlight! ☐ Wohlfühlbuch ☐ Ich mochte es

☐ Es war okay... ☐ Leider ein Flop ☐ Abgebrochen

Titel

Autor/in

Genre

Sprache: ☐ deutsch ☐ andere: ....

Start

Beendet

Format

Gedanken / Zitate / ...

Schreibstil
☆☆☆☆☆

Spannung
☆☆☆☆☆

Charaktere
☆☆☆☆☆

Plots
☆☆☆☆☆

Emotionen
☆☆☆☆☆

Insgesamt
☆☆☆☆☆

Ergebnis

☐ Highlight!
☐ Wohlfühlbuch
☐ Ich mochte es
☐ Es war okay...
☐ Leider ein Flop
☐ Abgebrochen

Format

Titel

Autor/in

Genre

Sprache: ☐ deutsch ☐ andere: ....

Start

Beendet

Gedanken / Zitate / ...

Schreibstil ☆☆☆☆☆

Spannung ☆☆☆☆☆

Charaktere ☆☆☆☆☆

Plots ☆☆☆☆☆

Emotionen ☆☆☆☆☆

Insgesamt ☆☆☆☆☆

Ergebnis

☐ Highlight! ☐ Wohlfühlbuch ☐ Ich mochte es

☐ Es war okay... ☐ Leider ein Flop ☐ Abgebrochen

Titel

Autor/in

Genre

Sprache: ☐ deutsch ☐ andere: ....

Start

Beendet

Format

Gedanken / Zitate / ...

Schreibstil
☆☆☆☆☆

Spannung
☆☆☆☆☆

Charaktere
☆☆☆☆☆

Plots
☆☆☆☆☆

Emotionen
☆☆☆☆☆

Insgesamt
☆☆☆☆☆

Ergebnis

☐ Highlight!
☐ Wohlfühlbuch
☐ Ich mochte es
☐ Es war okay...
☐ Leider ein Flop
☐ Abgebrochen

Format

Titel

Autor/in

Genre

Sprache: ☐ deutsch ☐ andere: ....

Start

Beendet

Gedanken / Zitate / ...

Schreibstil

☆☆☆☆☆

Spannung

☆☆☆☆☆

Charaktere

☆☆☆☆☆

Plots

☆☆☆☆☆

Emotionen

☆☆☆☆☆

Insgesamt

☆☆☆☆☆

Ergebnis

☐ Highlight!

☐ Wohlfühlbuch

☐ Ich mochte es

☐ Es war okay...

☐ Leider ein Flop

☐ Abgebrochen

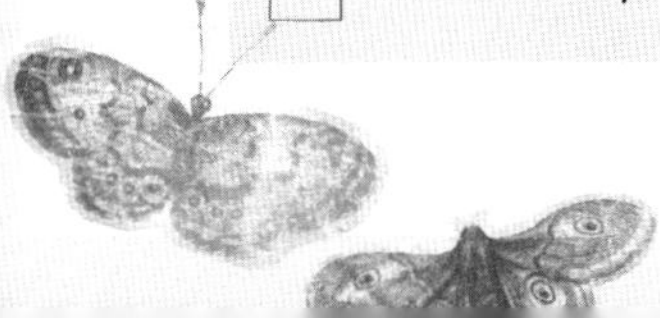

Titel

Autor/in

Genre

Sprache: ☐ deutsch ☐ andere: ....

Start

Beendet

Format

Gedanken / Zitate / ...

Schreibstil
☆☆☆☆☆

Spannung
☆☆☆☆☆

Charaktere
☆☆☆☆☆

Plots
☆☆☆☆☆

Emotionen
☆☆☆☆☆

Insgesamt
☆☆☆☆☆

Ergebnis

☐ Highlight! ☐ Wohlfühlbuch ☐ Ich mochte es

☐ Es war okay... ☐ Leider ein Flop ☐ Abgebrochen

Format

Titel

Autor/in

Genre

Sprache: ☐ deutsch ☐ andere: ....

Start

Beendet

Gedanken / Zitate / ...

Schreibstil
☆☆☆☆☆

Spannung
☆☆☆☆☆

Charaktere
☆☆☆☆☆

Plots
☆☆☆☆☆

Emotionen
☆☆☆☆☆

Insgesamt
☆☆☆☆☆

Ergebnis

☐ Highlight! ☐ Wohlfühlbuch ☐ Ich mochte es

☐ Es war okay... ☐ Leider ein Flop ☐ Abgebrochen

Titel

Autor/in

Genre

Sprache: ☐ deutsch ☐ andere: ....

Start

Beendet

Format

Gedanken / Zitate / ...

Schreibstil ☆☆☆☆☆

Spannung ☆☆☆☆☆

Charaktere ☆☆☆☆☆

Plots ☆☆☆☆☆

Emotionen ☆☆☆☆☆

Insgesamt ☆☆☆☆☆

Ergebnis

☐ Highlight!
☐ Wohlfühlbuch
☐ Ich mochte es
☐ Es war okay...
☐ Leider ein Flop
☐ Abgebrochen

Format

Titel

Autor/in

Genre

Sprache: ☐ deutsch ☐ andere: ....

Start

Beendet

Gedanken / Zitate / ...

Schreibstil

☆☆☆☆☆

Spannung

☆☆☆☆☆

Charaktere

☆☆☆☆☆

Plots

☆☆☆☆☆

Emotionen

☆☆☆☆☆

Insgesamt

☆☆☆☆☆

Ergebnis

☐ Highlight!

☐ Wohlfühlbuch

☐ Ich mochte es

☐ Es war okay...

☐ Leider ein Flop

☐ Abgebrochen

Titel

Autor/in

Genre

Sprache: ☐ deutsch ☐ andere: ....

Start

Beendet

Format

Gedanken / Zitate / ...

Schreibstil ☆☆☆☆☆

Spannung ☆☆☆☆☆

Charaktere ☆☆☆☆☆

Plots ☆☆☆☆☆

Emotionen ☆☆☆☆☆

Insgesamt ☆☆☆☆☆

Ergebnis

☐ Highlight!
☐ Wohlfühlbuch
☐ Ich mochte es
☐ Es war okay...
☐ Leider ein Flop
☐ Abgebrochen

Format

Titel

Autor/in

Genre

Sprache: ☐ deutsch ☐ andere: ....

Start

Beendet

Gedanken / Zitate / ...

Schreibstil ☆☆☆☆☆

Spannung ☆☆☆☆☆

Charaktere ☆☆☆☆☆

Plots ☆☆☆☆☆

Emotionen ☆☆☆☆☆

Insgesamt ☆☆☆☆☆

Ergebnis

☐ Highlight! ☐ Wohlfühlbuch ☐ Ich mochte es

☐ Es war okay... ☐ Leider ein Flop ☐ Abgebrochen

Titel

Autor/in

Genre

Sprache: ☐ deutsch ☐ andere: ....

Start

Beendet

Format

Gedanken / Zitate / ...

Schreibstil ☆☆☆☆☆

Spannung ☆☆☆☆☆

Charaktere ☆☆☆☆☆

Plots ☆☆☆☆☆

Emotionen ☆☆☆☆☆

Insgesamt ☆☆☆☆☆

Ergebnis

☐ Highlight! ☐ Wohlfühlbuch ☐ Ich mochte es

☐ Es war okay... ☐ Leider ein Flop ☐ Abgebrochen

Format

Titel

Autor/in

Genre

Sprache: ☐ deutsch ☐ andere: ....

Start

Beendet

Gedanken / Zitate / ...

Schreibstil ☆☆☆☆☆

Spannung ☆☆☆☆☆

Charaktere ☆☆☆☆☆

Plots ☆☆☆☆☆

Emotionen ☆☆☆☆☆

Insgesamt ☆☆☆☆☆

Ergebnis

☐ Highlight!	☐ Wohlfühlbuch	☐ Ich mochte es
☐ Es war okay...	☐ Leider ein Flop	☐ Abgebrochen

Titel

Autor/in

Genre

Sprache: ☐ deutsch ☐ andere: ....

Start

Beendet

Format

Gedanken / Zitate / ...

Schreibstil
☆☆☆☆☆

Spannung
☆☆☆☆☆

Charaktere
☆☆☆☆☆

Plots
☆☆☆☆☆

Emotionen
☆☆☆☆☆

Insgesamt
☆☆☆☆☆

Ergebnis

☐ Highlight! ☐ Wohlfühlbuch ☐ Ich mochte es

☐ Es war okay... ☐ Leider ein Flop ☐ Abgebrochen

Format

Titel

Autor/in

Genre

Sprache: ☐ deutsch ☐ andere: ....

Start

Beendet

Gedanken / Zitate / ...

Schreibstil
☆☆☆☆☆

Spannung
☆☆☆☆☆

Charaktere
☆☆☆☆☆

Plots
☆☆☆☆☆

Emotionen
☆☆☆☆☆

Insgesamt
☆☆☆☆☆

Ergebnis

☐ Highlight! ☐ Wohlfühlbuch ☐ Ich mochte es

☐ Es war okay... ☐ Leider ein Flop ☐ Abgebrochen

Titel

Autor/in

Genre

Sprache: ☐ deutsch ☐ andere: ....

Start

Beendet

Format

Gedanken / Zitate / ...

Schreibstil

☆☆☆☆☆

Spannung

☆☆☆☆☆

Charaktere

☆☆☆☆☆

Plots

☆☆☆☆☆

Emotionen

☆☆☆☆☆

Insgesamt

☆☆☆☆☆

Ergebnis

☐ Highlight!

☐ Wohlfühlbuch

☐ Ich mochte es

☐ Es war okay...

☐ Leider ein Flop

☐ Abgebrochen

Format

Titel

Autor/in

Genre

Sprache: ☐ deutsch ☐ andere: ....

Start

Beendet

Gedanken / Zitate / ...

....
....
....
....
....
....
....
....
....
....
....
....
....
....
....
....

Schreibstil
☆☆☆☆☆

Spannung
☆☆☆☆☆

Charaktere
☆☆☆☆☆

Plots
☆☆☆☆☆

Emotionen
☆☆☆☆☆

Insgesamt
☆☆☆☆☆

Ergebnis

☐ Highlight!
☐ Wohlfühlbuch
☐ Ich mochte es
☐ Es war okay...
☐ Leider ein Flop
☐ Abgebrochen

Titel

Autor/in

Genre

Sprache: ☐ deutsch ☐ andere: ....

Start

Beendet

Format

Gedanken / Zitate / ...

Schreibstil

☆☆☆☆☆

Spannung

☆☆☆☆☆

Charaktere

☆☆☆☆☆

Plots

☆☆☆☆☆

Emotionen

☆☆☆☆☆

Insgesamt

☆☆☆☆☆

Ergebnis

☐ Highlight!
☐ Wohlfühlbuch
☐ Ich mochte es
☐ Es war okay...
☐ Leider ein Flop
☐ Abgebrochen

Titel

Format

Autor/in

Genre

Sprache: ☐ deutsch ☐ andere: ....

Start

Beendet

Gedanken / Zitate / ...

....

....

....

....

....

....

....

....

....

....

....

....

....

....

....

....

Schreibstil

☆☆☆☆☆

Spannung

☆☆☆☆☆

Charaktere

☆☆☆☆☆

Plots

☆☆☆☆☆

Emotionen

☆☆☆☆☆

Insgesamt

☆☆☆☆☆

Ergebnis

☐ Highlight! ☐ Wohlfühlbuch ☐ Ich mochte es

☐ Es war okay... ☐ Leider ein Flop ☐ Abgebrochen

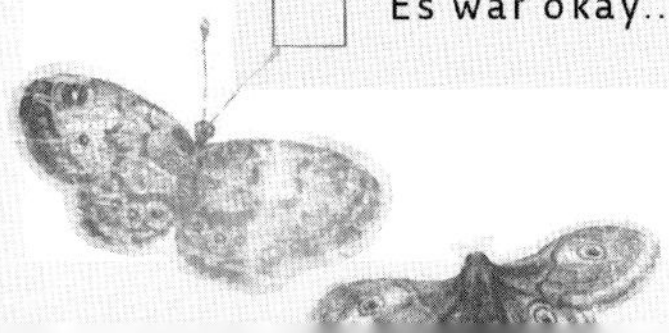

Titel

Autor/in

Genre

Sprache: ☐ deutsch ☐ andere: ....

Start

Beendet

Format

Gedanken / Zitate / ...

Schreibstil
☆☆☆☆☆

Spannung
☆☆☆☆☆

Charaktere
☆☆☆☆☆

Plots
☆☆☆☆☆

Emotionen
☆☆☆☆☆

Insgesamt
☆☆☆☆☆

Ergebnis

☐ Highlight!
☐ Wohlfühlbuch
☐ Ich mochte es
☐ Es war okay...
☐ Leider ein Flop
☐ Abgebrochen

Titel

Format

Autor/in

Genre

Sprache: ☐ deutsch ☐ andere: ....

Start

Beendet

Gedanken / Zitate / ...

Schreibstil

☆☆☆☆☆

Spannung

☆☆☆☆☆

Charaktere

☆☆☆☆☆

Plots

☆☆☆☆☆

Emotionen

☆☆☆☆☆

Insgesamt

☆☆☆☆☆

Ergebnis

☐ Highlight! ☐ Wohlfühlbuch ☐ Ich mochte es

☐ Es war okay... ☐ Leider ein Flop ☐ Abgebrochen

Titel

Autor/in

Genre

Sprache: ☐ deutsch ☐ andere: ....

Start

Beendet

Format

Gedanken / Zitate / ...

Schreibstil

☆☆☆☆☆

Spannung

☆☆☆☆☆

Charaktere

☆☆☆☆☆

Plots

☆☆☆☆☆

Emotionen

☆☆☆☆☆

Insgesamt

☆☆☆☆☆

Ergebnis

☐ Highlight!
☐ Wohlfühlbuch
☐ Ich mochte es
☐ Es war okay...
☐ Leider ein Flop
☐ Abgebrochen

Format

Titel

Autor/in

Genre

Sprache: ☐ deutsch ☐ andere: ....

Start

Beendet

Gedanken / Zitate / ...

Schreibstil
☆☆☆☆☆

Spannung
☆☆☆☆☆

Charaktere
☆☆☆☆☆

Plots
☆☆☆☆☆

Emotionen
☆☆☆☆☆

Insgesamt
☆☆☆☆☆

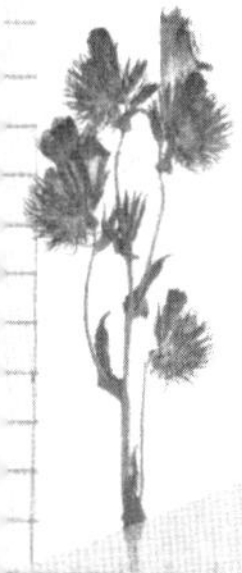

Ergebnis

☐ Highlight! ☐ Wohlfühlbuch ☐ Ich mochte es

☐ Es war okay... ☐ Leider ein Flop ☐ Abgebrochen

Titel

Autor/in

Genre

Sprache: ☐ deutsch ☐ andere: ....

Start

Beendet

Format

Gedanken / Zitate / ...

Schreibstil
☆☆☆☆☆

Spannung
☆☆☆☆☆

Charaktere
☆☆☆☆☆

Plots
☆☆☆☆☆

Emotionen
☆☆☆☆☆

Insgesamt
☆☆☆☆☆

Ergebnis

☐ Highlight!
☐ Wohlfühlbuch
☐ Ich mochte es
☐ Es war okay...
☐ Leider ein Flop
☐ Abgebrochen

Titel

Format

Autor/in

Genre

Sprache: ☐ deutsch ☐ andere: ....

Start

Beendet

Gedanken / Zitate / ...

Schreibstil ☆☆☆☆☆

Spannung ☆☆☆☆☆

Charaktere ☆☆☆☆☆

Plots ☆☆☆☆☆

Emotionen ☆☆☆☆☆

Insgesamt ☆☆☆☆☆

Ergebnis

☐ Highlight!

☐ Wohlfühlbuch

☐ Ich mochte es

☐ Es war okay...

☐ Leider ein Flop

☐ Abgebrochen

Titel

Autor/in

Genre

Sprache: ☐ deutsch ☐ andere: ....

Start

Beendet

Format

Gedanken / Zitate / ...

Schreibstil ☆☆☆☆☆

Spannung ☆☆☆☆☆

Charaktere ☆☆☆☆☆

Plots ☆☆☆☆☆

Emotionen ☆☆☆☆☆

Insgesamt ☆☆☆☆☆

Ergebnis

☐ Highlight!
☐ Wohlfühlbuch
☐ Ich mochte es
☐ Es war okay...
☐ Leider ein Flop
☐ Abgebrochen

Format

Titel

Autor/in

Genre

Sprache: ☐ deutsch ☐ andere: ....

Start

Beendet

Gedanken / Zitate / ...

Schreibstil ☆☆☆☆☆

Spannung ☆☆☆☆☆

Charaktere ☆☆☆☆☆

Plots ☆☆☆☆☆

Emotionen ☆☆☆☆☆

Insgesamt ☆☆☆☆☆

Ergebnis

☐ Highlight!

☐ Wohlfühlbuch

☐ Ich mochte es

☐ Es war okay...

☐ Leider ein Flop

☐ Abgebrochen

Titel

Autor/in

Genre

Sprache: ☐ deutsch ☐ andere: ....

Start Beendet

Format

Gedanken / Zitate / ...

Schreibstil
☆☆☆☆☆

Spannung
☆☆☆☆☆

Charaktere
☆☆☆☆☆

Plots
☆☆☆☆☆

Emotionen
☆☆☆☆☆

Insgesamt
☆☆☆☆☆

Ergebnis

☐ Highlight! ☐ Wohlfühlbuch ☐ Ich mochte es

☐ Es war okay... ☐ Leider ein Flop ☐ Abgebrochen

Format

Titel

Autor/in

Genre

Sprache: ☐ deutsch ☐ andere: ....

Start

Beendet

Gedanken / Zitate / ...

Schreibstil ☆☆☆☆☆

Spannung ☆☆☆☆☆

Charaktere ☆☆☆☆☆

Plots ☆☆☆☆☆

Emotionen ☆☆☆☆☆

Insgesamt ☆☆☆☆☆

Ergebnis

☐ Highlight! ☐ Wohlfühlbuch ☐ Ich mochte es

☐ Es war okay... ☐ Leider ein Flop ☐ Abgebrochen

Titel

Autor/in

Genre

Sprache: ☐ deutsch ☐ andere: ....

Start

Beendet

Format

Gedanken / Zitate / ...

Schreibstil

☆☆☆☆☆

Spannung

☆☆☆☆☆

Charaktere

☆☆☆☆☆

Plots

☆☆☆☆☆

Emotionen

☆☆☆☆☆

Insgesamt

☆☆☆☆☆

Ergebnis

☐ Highlight!

☐ Wohlfühlbuch

☐ Ich mochte es

☐ Es war okay...

☐ Leider ein Flop

☐ Abgebrochen

Titel

Format

Autor/in

Genre

Sprache: ☐ deutsch ☐ andere: ....

Start

Beendet

Gedanken / Zitate / ...

....

....

....

....

....

....

....

....

....

....

....

....

....

....

....

....

Schreibstil ☆☆☆☆☆

Spannung ☆☆☆☆☆

Charaktere ☆☆☆☆☆

Plots ☆☆☆☆☆

Emotionen ☆☆☆☆☆

Insgesamt ☆☆☆☆☆

Ergebnis

☐ Highlight! ☐ Wohlfühlbuch ☐ Ich mochte es

☐ Es war okay... ☐ Leider ein Flop ☐ Abgebrochen

Titel

Autor/in

Genre

Sprache: ☐ deutsch ☐ andere: ....

Start

Beendet

Format

Gedanken / Zitate / ...

Schreibstil

☆☆☆☆☆

Spannung

☆☆☆☆☆

Charaktere

☆☆☆☆☆

Plots

☆☆☆☆☆

Emotionen

☆☆☆☆☆

Insgesamt

☆☆☆☆☆

Ergebnis

☐ Highlight! ☐ Wohlfühlbuch ☐ Ich mochte es

☐ Es war okay... ☐ Leider ein Flop ☐ Abgebrochen

Format

Titel

Autor/in

Genre

Sprache: ☐ deutsch ☐ andere: ....

Start

Beendet

Gedanken / Zitate / ...

Schreibstil

☆☆☆☆☆

Spannung

☆☆☆☆☆

Charaktere

☆☆☆☆☆

Plots

☆☆☆☆☆

Emotionen

☆☆☆☆☆

Insgesamt

☆☆☆☆☆

Ergebnis

☐ Highlight! ☐ Wohlfühlbuch ☐ Ich mochte es

☐ Es war okay... ☐ Leider ein Flop ☐ Abgebrochen

Titel

Autor/in

Genre

Sprache: ☐ deutsch ☐ andere: ....

Start

Beendet

Format

Gedanken / Zitate / ...

Schreibstil
☆☆☆☆☆

Spannung
☆☆☆☆☆

Charaktere
☆☆☆☆☆

Plots
☆☆☆☆☆

Emotionen
☆☆☆☆☆

Insgesamt
☆☆☆☆☆

Ergebnis

☐ Highlight! ☐ Wohlfühlbuch ☐ Ich mochte es

☐ Es war okay... ☐ Leider ein Flop ☐ Abgebrochen

Format

Titel

Autor/in

Genre

Sprache: ☐ deutsch ☐ andere: ....

Start

Beendet

Gedanken / Zitate / ...

Schreibstil

☆☆☆☆☆

Spannung

☆☆☆☆☆

Charaktere

☆☆☆☆☆

Plots

☆☆☆☆☆

Emotionen

☆☆☆☆☆

Insgesamt

☆☆☆☆☆

Ergebnis

☐ Highlight!

☐ Wohlfühlbuch

☐ Ich mochte es

☐ Es war okay...

☐ Leider ein Flop

☐ Abgebrochen

Titel

Autor/in

Genre

Sprache: ☐ deutsch ☐ andere: ....

Start

Beendet

Format

Gedanken / Zitate / ...

Schreibstil ☆☆☆☆☆

Spannung ☆☆☆☆☆

Charaktere ☆☆☆☆☆

Plots ☆☆☆☆☆

Emotionen ☆☆☆☆☆

Insgesamt ☆☆☆☆☆

Ergebnis

☐ Highlight! ☐ Wohlfühlbuch ☐ Ich mochte es

☐ Es war okay... ☐ Leider ein Flop ☐ Abgebrochen

Format

Titel

Autor/in

Genre

Sprache: ☐ deutsch ☐ andere: ....

Start

Beendet

Gedanken / Zitate / ...

Schreibstil

☆☆☆☆☆

Spannung

☆☆☆☆☆

Charaktere

☆☆☆☆☆

Plots

☆☆☆☆☆

Emotionen

☆☆☆☆☆

Insgesamt

☆☆☆☆☆

Ergebnis

☐ Highlight! ☐ Wohlfühlbuch ☐ Ich mochte es

☐ Es war okay... ☐ Leider ein Flop ☐ Abgebrochen

Titel

Autor/in

Genre

Sprache: ☐ deutsch ☐ andere: ....

Start

Beendet

Format

Gedanken / Zitate / ...

Schreibstil

☆☆☆☆☆

Spannung

☆☆☆☆☆

Charaktere

☆☆☆☆☆

Plots

☆☆☆☆☆

Emotionen

☆☆☆☆☆

Insgesamt

☆☆☆☆☆

Ergebnis

☐ Highlight! ☐ Wohlfühlbuch ☐ Ich mochte es

☐ Es war okay... ☐ Leider ein Flop ☐ Abgebrochen

Format

Titel

Autor/in

Genre

Sprache: ☐ deutsch ☐ andere: ....

Start

Beendet

Gedanken / Zitate / ...

....
....
....
....
....
....
....
....
....
....
....
....
....
....
....
....

Schreibstil
☆☆☆☆☆

Spannung
☆☆☆☆☆

Charaktere
☆☆☆☆☆

Plots
☆☆☆☆☆

Emotionen
☆☆☆☆☆

Insgesamt
☆☆☆☆☆

Ergebnis

☐ Highlight! ☐ Wohlfühlbuch ☐ Ich mochte es

☐ Es war okay... ☐ Leider ein Flop ☐ Abgebrochen

Titel

Autor/in

Genre

Sprache: ☐ deutsch ☐ andere: ....

Start

Beendet

Format

Schreibstil

☆☆☆☆☆

Spannung

☆☆☆☆☆

Charaktere

☆☆☆☆☆

Plots

☆☆☆☆☆

Emotionen

☆☆☆☆☆

Insgesamt

☆☆☆☆☆

Gedanken / Zitate / ...

Ergebnis

☐ Highlight!

☐ Wohlfühlbuch

☐ Ich mochte es

☐ Es war okay...

☐ Leider ein Flop

☐ Abgebrochen

Titel

Format

Autor/in

Genre

Sprache: ☐ deutsch ☐ andere: ....

Start

Beendet

Gedanken / Zitate / ...

Schreibstil
☆☆☆☆☆

Spannung
☆☆☆☆☆

Charaktere
☆☆☆☆☆

Plots
☆☆☆☆☆

Emotionen
☆☆☆☆☆

Insgesamt
☆☆☆☆☆

Ergebnis

☐ Highlight! ☐ Wohlfühlbuch ☐ Ich mochte es

☐ Es war okay... ☐ Leider ein Flop ☐ Abgebrochen

Titel

Autor/in

Genre

Sprache: ☐ deutsch ☐ andere: ....

Start

Beendet

Format

Gedanken / Zitate / ...

Schreibstil
☆☆☆☆☆

Spannung
☆☆☆☆☆

Charaktere
☆☆☆☆☆

Plots
☆☆☆☆☆

Emotionen
☆☆☆☆☆

Insgesamt
☆☆☆☆☆

Ergebnis

☐ Highlight!
☐ Wohlfühlbuch
☐ Ich mochte es
☐ Es war okay...
☐ Leider ein Flop
☐ Abgebrochen

Format

Titel

Autor/in

Genre

Sprache: ☐ deutsch ☐ andere: ....

Start

Beendet

Gedanken / Zitate / ...

Schreibstil

☆☆☆☆☆

Spannung

☆☆☆☆☆

Charaktere

☆☆☆☆☆

Plots

☆☆☆☆☆

Emotionen

☆☆☆☆☆

Insgesamt

☆☆☆☆☆

Ergebnis

☐ Highlight! ☐ Wohlfühlbuch ☐ Ich mochte es

☐ Es war okay... ☐ Leider ein Flop ☐ Abgebrochen

Titel

Autor/in

Genre

Sprache: ☐ deutsch ☐ andere: ....

Start

Beendet

Format

Gedanken / Zitate / ...

Schreibstil ☆☆☆☆☆

Spannung ☆☆☆☆☆

Charaktere ☆☆☆☆☆

Plots ☆☆☆☆☆

Emotionen ☆☆☆☆☆

Insgesamt ☆☆☆☆☆

Ergebnis

☐ Highlight!
☐ Wohlfühlbuch
☐ Ich mochte es
☐ Es war okay...
☐ Leider ein Flop
☐ Abgebrochen

Format

Titel

Autor/in

Genre

Sprache: ☐ deutsch ☐ andere: ....

Start

Beendet

Gedanken / Zitate / ...

Schreibstil
☆☆☆☆☆

Spannung
☆☆☆☆☆

Charaktere
☆☆☆☆☆

Plots
☆☆☆☆☆

Emotionen
☆☆☆☆☆

Insgesamt
☆☆☆☆☆

Ergebnis

☐ Highlight!
☐ Wohlfühlbuch
☐ Ich mochte es
☐ Es war okay...
☐ Leider ein Flop
☐ Abgebrochen

Titel

Autor/in

Genre

Sprache: ☐ deutsch ☐ andere: ....

Start

Beendet

Format

Gedanken / Zitate / ...

Schreibstil
☆☆☆☆☆

Spannung
☆☆☆☆☆

Charaktere
☆☆☆☆☆

Plots
☆☆☆☆☆

Emotionen
☆☆☆☆☆

Insgesamt
☆☆☆☆☆

Ergebnis

☐ Highlight!
☐ Wohlfühlbuch
☐ Ich mochte es
☐ Es war okay...
☐ Leider ein Flop
☐ Abgebrochen

Format

Titel

Autor/in

Genre

Sprache: ☐ deutsch ☐ andere: ....

Start

Beendet

Gedanken / Zitate / ...

Schreibstil ☆☆☆☆☆

Spannung ☆☆☆☆☆

Charaktere ☆☆☆☆☆

Plots ☆☆☆☆☆

Emotionen ☆☆☆☆☆

Insgesamt ☆☆☆☆☆

Ergebnis

☐ Highlight! ☐ Wohlfühlbuch ☐ Ich mochte es

☐ Es war okay... ☐ Leider ein Flop ☐ Abgebrochen

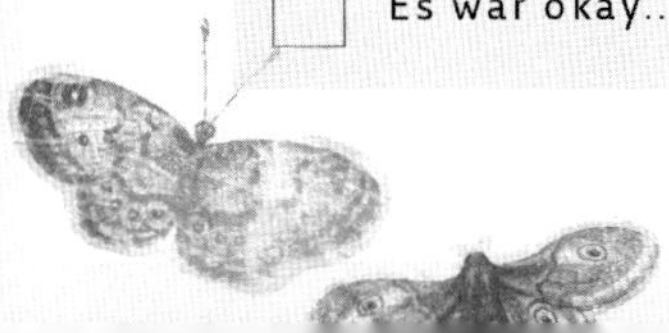

Titel

Autor/in

Genre

Sprache: ☐ deutsch ☐ andere: ....

Start

Beendet

Format

Gedanken / Zitate / ...

Schreibstil

Spannung

Charaktere

Plots

Emotionen

Insgesamt

Ergebnis

☐ Highlight!
☐ Wohlfühlbuch
☐ Ich mochte es
☐ Es war okay...
☐ Leider ein Flop
☐ Abgebrochen

Format

Titel

Autor/in

Genre

Sprache: ☐ deutsch ☐ andere: ....

Start

Beendet

Gedanken / Zitate / ...

Schreibstil

☆☆☆☆☆

Spannung

☆☆☆☆☆

Charaktere

☆☆☆☆☆

Plots

☆☆☆☆☆

Emotionen

☆☆☆☆☆

Insgesamt

☆☆☆☆☆

Ergebnis

☐ Highlight!

☐ Wohlfühlbuch

☐ Ich mochte es

☐ Es war okay...

☐ Leider ein Flop

☐ Abgebrochen

Titel

Autor/in

Genre

Sprache: ☐ deutsch ☐ andere: ....

Start

Beendet

Format

Gedanken / Zitate / ...

Schreibstil ☆☆☆☆☆

Spannung ☆☆☆☆☆

Charaktere ☆☆☆☆☆

Plots ☆☆☆☆☆

Emotionen ☆☆☆☆☆

Insgesamt ☆☆☆☆☆

Ergebnis

☐ Highlight! ☐ Wohlfühlbuch ☐ Ich mochte es

☐ Es war okay... ☐ Leider ein Flop ☐ Abgebrochen

Format

Titel

Autor/in

Genre

Sprache: ☐ deutsch ☐ andere: ....

Start

Beendet

Gedanken / Zitate / ...

....

....

....

....

....

....

....

....

....

....

....

....

....

....

....

....

Schreibstil ☆☆☆☆☆

Spannung ☆☆☆☆☆

Charaktere ☆☆☆☆☆

Plots ☆☆☆☆☆

Emotionen ☆☆☆☆☆

Insgesamt ☆☆☆☆☆

Ergebnis

☐ Highlight! ☐ Wohlfühlbuch ☐ Ich mochte es

☐ Es war okay... ☐ Leider ein Flop ☐ Abgebrochen

JAHRES-

rückblick

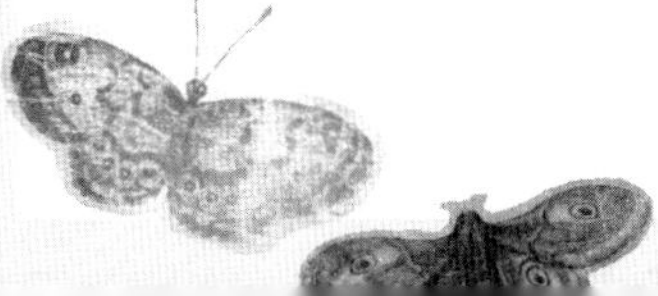

Jahresrückblick

gelesene Bücher

gelesene Seiten

gelesene Tage

Bewertung

Format

Bücher

Hörbücher

E-Books

Typ

Einzelband

Dilogie

Buchserie

Längstes Buch

Seitenzahl

Kürzestes Buch

Seitenzahl

Meist gelesenes Genre

....
....
....
....
....
....

Meist gelesenste Tropes

....
....
....
....
....
....

Beste Autor:innen

1.

2.

3.

Bestes Buch

....
....
....

Schlimmstes Buch

....
....
....

Bester Charakter

1.

2.

3.

Beste Nebenfigur

....
....
....

Bester Buchort

....
....
....

Bestes Buch

Jan

Feb

März

April

Mai

Juni

Juli

Aug

Sep

Okt

Nov

Dez

des Jahres

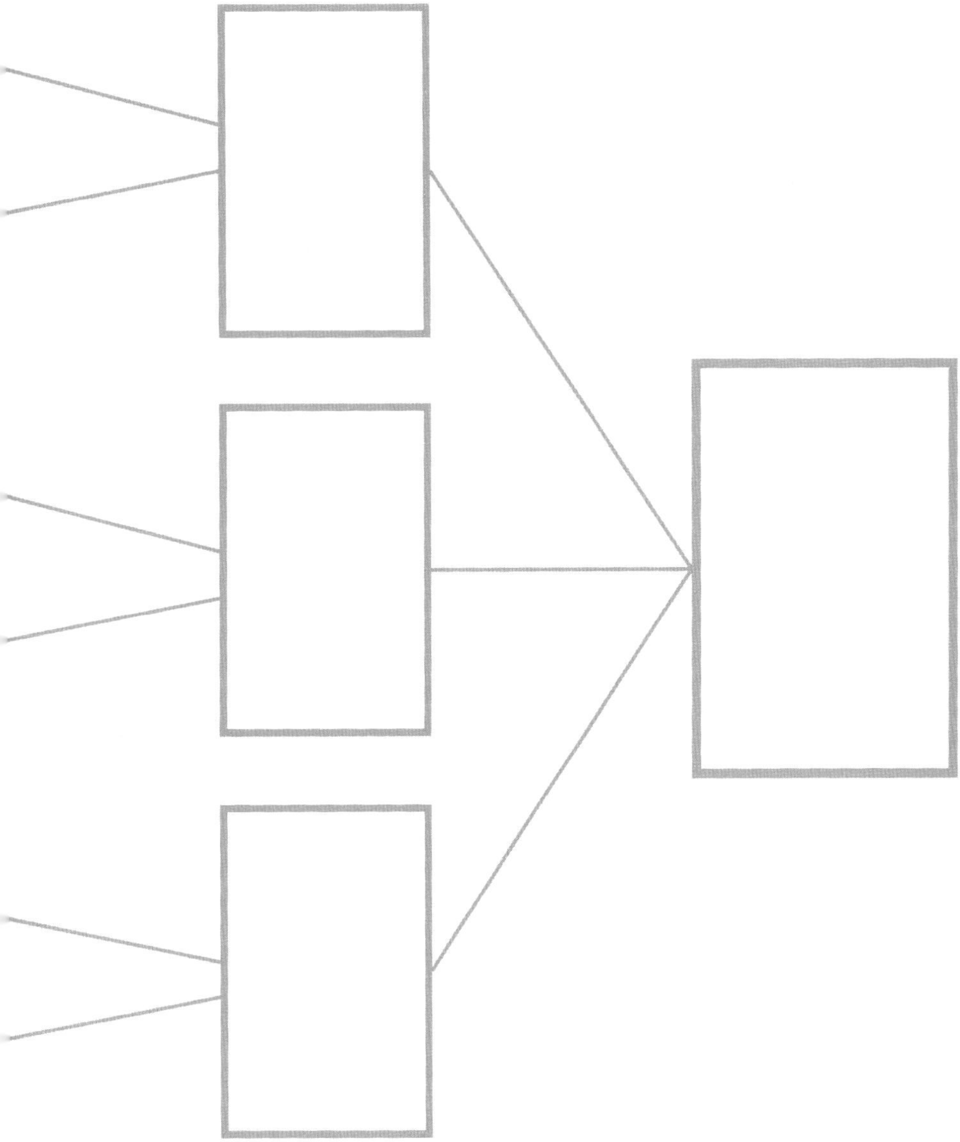

Mood Board

Wunschliste